Stellina

Cette histoire est tirée du dessin animé
Stellina, épisode 2 :
« L'évasion ».

Avec la participation de France 3 et Rai fiction
Coproducteurs délégués : Gilbert Hus, Charles Malka (France) /
Marco Marcolini, Annita Romanelli (Italie)
Série créée par Lucia Zei
Scénario : Françoise Boublil, Jean Helpert et Olivier Dehors
Réalisation : Alessandro Belli et Sidney Kombo
Auteurs graphiques : Sidney Kombo et Rebecca Lisotta

18 rue Barbès, 92128 Montrouge Cedex

Dépôt légal : janvier 2010
ISBN : 978-2-7470-3008-3
Loi du 16 juillet 1949 sur les publications destinées à la jeunesse.

Texte de Thomas Leclere

Stellina

Le grand départ

bayard poche

Résumé de l'épisode précédent

Une étoile est née !

Le cirque Panagulis est sous le choc. La représentation de la veille a tourné à la catastrophe. Alors que Stellina, la jeune acrobate, se trouvait en équilibre sur son fil, au beau milieu de son numéro, le fils du maire, un gamin malveillant et stupide, l'a visée avec son lance-pierre.

Gala, la panthère noire, lui a sauvé la vie en détournant le tir, mais elle a aussi semé la panique parmi les spectateurs, ce qui a mis fin à la représentation. Puis elle s'est enfuie dans le village pour échapper aux gendarmes qui la poursuivaient. Sans l'intervention de Stellina, qui l'a rejointe au sommet d'un toit pour la protéger, ces derniers l'auraient probablement tuée avec leurs fusils...

1

UNE TERRIBLE NOUVELLE

Ce matin-là, comme chaque jour, Stellina se rendit à la ménagerie pour nourrir les animaux. Elle n'avait même pas pris le temps de déjeuner ; elle alla directement à la cage de Gala, qui l'accueillit en ronronnant.

– Ma pauvre chérie, dit-elle en caressant la tête du fauve à travers les barreaux, tu dois mourir de faim, après les émotions que t'ont causées cette bande de méchants.

Stellina s'apprêtait à lui donner un morceau de viande, lorsque Macaroni, l'homme à tout faire du

cirque, s'approcha d'elle sur sa trottinette. Il avait l'air inquiet.

– Qu'y a-t-il ? lui demanda la fillette, intriguée.

Le géant muet enchaîna quelques gestes rapides ; Stellina comprit qu'il voulait lui montrer quelque chose. Elle s'excusa auprès de la panthère, lui promettant de revenir bientôt, et grimpa derrière le clown, qui la conduisit jusqu'à la roulotte de Nikos, le directeur du cirque. Là, il la hissa sur ses épaules, au niveau de la fenêtre, afin qu'elle puisse regarder à l'intérieur.

Nikos était assis dans son fauteuil ; le maire du village lui faisait face, accompagné d'une jeune femme que Stellina n'avait jamais vue. Celle-ci, vêtue d'un tailleur strict, était assise sur le bord de son siège avec la raideur d'un piquet ; elle n'était pas vilaine, mais son visage, surmonté d'un chignon austère, dégageait une impression de sévérité implacable.

Le directeur du cirque avait l'air abattu et Stellina comprit aussitôt qu'il se passait quelque chose de grave.

– Si j'ai fait appel à Mme Ascoli, notre assistante sociale, expliquait le maire en se donnant de l'importance, c'est pour le bien de votre petite protégée. D'après ce que vous m'avez dit hier soir, elle n'a plus ses parents, et je pense qu'il est temps de lui offrir l'éducation qu'elle mérite.

– En effet, renchérit la jeune femme d'une voix froide, vous ne pouvez pas garder cette enfant dans votre cirque. Elle a besoin d'un foyer normal, à son âge.

Sur un des murs de la roulotte se trouvait une affiche du cirque Panagulis représentant Vera, la mère de Stellina, à l'époque où elle était la reine du spectacle. Nikos se leva péniblement et admira un instant la grande trapéziste ; puis il se tourna vers ses interlocuteurs en soupirant tristement.

– Sa maman nous l'a confiée après son accident, alors que la petite n'avait que quelques mois, dit-il d'une voix tremblante. Stellina a toujours vécu avec nous, parmi les gens de ce cirque. Ailleurs, elle serait malheureuse. Nous sommes sa véritable famille, vous comprenez…

Mme Ascoli ne sembla pas accorder la moindre importance à ces arguments ; elle reprit sur le même ton neutre :

– Légalement, monsieur, vous n'avez aucun droit sur cette petite. La loi est la même pour tous, et vous devez la respecter, quels que soient vos sentiments.

Elle toussota légèrement, avant de continuer :

– D'ailleurs, on m'a raconté que vous faisiez exécuter à cette orpheline des exercices extrêmement périlleux. Pensez-vous qu'il s'agisse d'une éducation digne d'une jeune fille qu'on aime ? Une personne de cet âge a besoin d'amour, de tendresse, de sécurité…, pas d'émotions fortes.

Le maire, vautré dans son fauteuil, lissait sa moustache d'un air satisfait. Son imbécile de fils avait été humilié par Stellina ; il lui avait promis de le venger…

– Mme Ascoli a raison, ajouta-t-il d'une voix mielleuse. Si la petite reste avec vous, Dieu seul sait ce qui peut lui arriver…

En entendant cela, Nikos ne put retenir sa colère ; il avait toujours protégé Stellina comme si elle avait été sa propre fille et ne supportait pas que cela soit mis en doute.

– Nous n'en serions pas là, tonna-t-il, si votre garnement de fils n'avait pas semé le trouble pendant notre représentation ! Si sa pierre avait atteint Stellina, elle serait probablement tombée !

– Je ne vous permets pas d'accuser mon fils ! lui rétorqua le maire en se levant à demi.

L'assistante sociale s'interposa entre les deux hommes ; un sourire aigre éclairait son visage anguleux. Elle prenait un réel plaisir à la situation.

– Messieurs, dit-elle, je vous en prie, calmez-vous. Les enfants sont turbulents ; ils font souvent des bêtises. Mais vous êtes des hommes responsables, n'est-ce pas ? Vous n'allez pas vous battre...

Le maire, malgré les apparences, était un lâche ; il se rassit avec soulagement, alors que Nikos peinait à retrouver son calme. Mme Ascoli continua, d'une voix qu'elle voulait bienveillante :

– Monsieur Nikos, je comprends que vous aimiez Stellina comme un père, mais vous devez penser à son avenir. J'ai toujours eu beaucoup d'admiration pour les artistes de cirque, croyez-moi.

Mais je pense qu'il est temps de trouver à cette petite une famille stable, afin qu'elle bénéficie des meilleures chances pour son avenir. Vous êtes d'accord, n'est-ce pas ?

Nikos baissa la tête en soupirant. Il ne pouvait rien faire pour empêcher Madame Ascoli de lui enlever sa protégée ; la loi était du côté de l'assistante sociale, il le savait. S'il essayait de s'y opposer, le maire ferait intervenir les gendarmes, et son cirque serait menacé de fermeture... La vie des forains était suffisamment difficile ; il ne pouvait mettre son équipe en danger.

– Dans un premier temps, dit la jeune femme, nous confierons la petite à une institution qui s'occupera de son éducation.

– Il existe d'excellents orphelinats dans notre pays, précisa le maire.

Juchée sur les épaules de Macaroni, Stellina avait suivi la conversation sans perdre son sang-froid. Mais en entendant ces mots, elle sentit son cœur se serrer si fort qu'elle en eut la respiration coupée. Elle se laissa glisser sur le dos de Macaroni et se recroquevilla sur le sol contre la roulotte.

– Je ne veux pas quitter mon cirque, murmura-t-elle entre deux sanglots.

2

Stellina se révolte

La tristesse s'était emparée de Stellina avec la puissance d'une vague et l'avait submergée. Pourtant, quand le maire et l'assistante sociale sortirent de la roulotte, suivis de Nikos, la colère lui redonna de la force ; elle se précipita vers les deux intrus.

– Je ne veux pas de votre orphelinat ! cria-t-elle, en larmes.

Nikos tenta de l'apaiser, mais elle resta sourde à ses paroles.

– Ma maison et ma famille sont ici, dans ce

cirque ! jeta-t-elle au visage des adultes qui lui faisaient face.

Le maire recula. L'assistante sociale toisa la fillette avec un sourire plein d'assurance :

– Voici donc notre petite Stellina... Je suis Mme Ascoli, et c'est moi qui vais vous accompagner à la pension où vous êtes attendue. Je comprends votre inquiétude, mademoiselle ; mais ne vous en faites pas : vous y serez très heureuse, et vous vous

ferez rapidement de nouvelles amies...

Elle posa la main sur l'épaule de Stellina, comme pour la convaincre de la pureté de ses intentions.

– Ne me touchez pas ! la repoussa vivement celle-ci. Je ne veux pas de vos nouvelles amies.

Elle se tourna vers Nikos.

– Dis-lui, toi, que tu ne veux pas que j'aille dans cette prison, l'implora-t-elle.

Le directeur, incapable de prononcer un mot, baissa la tête avec résignation ; la fillette insista en vain :

– Dis-leur, Nikos ! Je t'en prie !

Pourquoi n'intervenait-il pas ? Pourquoi ne prenait-il pas sa défense, comme il l'avait toujours fait ? Est-ce qu'il l'abandonnait ? Stellina ne comprenait pas son attitude ; elle se sentait complètement perdue. Elle aperçut alors Tataglio et Marouchka, qui, alertés par ses cris, avaient rejoint Macaroni. Elle chercha dans leurs yeux un soutien ; mais ses amis, qui n'avaient pas assisté au début de la scène, ne lui adressèrent que des signes d'incompréhension.

– Soyez raisonnable, mademoiselle Stellina, lui conseilla Mme Ascoli. Je suggère que vous alliez préparer vos bagages. Nous partirons en début d'après-midi, par le prochain train pour Rome.

Nikos posa la main sur le bras de la fillette et la dévisagea avec une profonde tendresse. Elle sut qu'il partageait son désespoir et eut envie de se jeter dans ses bras ; pourtant, elle le fixa avec hargne.

– Pourquoi tu n'as rien dit ? cria-t-elle, furieuse. Tu les laisses faire ! Tu n'es qu'un lâche !

Puis elle s'enfuit à toutes jambes et disparut derrière le chapiteau, sous les regards impuissants de ses amis.

3

DÉSESPOIR

Stellina courut à perdre haleine se réfugier près de Gala. Elle entra dans la cage et ne prit même pas la peine de refermer la porte. Elle se blottit contre la panthère, enfouit son visage dans son pelage épais et laissa couler ses larmes.

– Gala… gémissait-elle. Ma Gala…

Le fauve s'allongea sur le sol et se lova contre elle en ronronnant.

– On veut m'enfermer dans un orphelinat et personne ne me défend, lui expliqua la fillette. Même Nikos se tait… Tu me comprends, toi, n'est-ce pas ?

Tu sais que je ne pourrai jamais vivre loin de vous.

Lorsqu'elle releva enfin la tête, Nikos l'avait rejointe, ainsi que Tataglio et Macaroni.

Le directeur se tenait devant la cage ; sa voix grave résonna tristement :

– Je t'en prie, Stellina, ne me rends pas les choses plus difficiles encore.

Il baissa les yeux pour continuer :

– Je ne peux pas faire autrement. Ils ont la loi pour eux...

Mais Stellina était si désespérée qu'elle ne pouvait pas entendre raison ; elle se redressa vigoureusement et saisit les barreaux à deux mains, les lèvres tremblant d'amertume.

– Pourquoi tu ne leur as pas dit que ma famille, c'était Tataglio, Macaroni et tous les autres ? Que ma famille, c'était toi !

– Mais... on ne peut pas laisser partir Stellina comme ça, intervint alors Tataglio.

– Tu crois que j'ai le choix ? s'emporta brutalement Nikos en lui faisant face. Qui l'a entraînée à faire ce numéro d'équilibre ? C'est moi, peut-être ? Maintenant, ils utilisent ça pour nous accuser d'être irresponsables.

Le clown rentra la tête dans ses épaules.

– C'était pour son anniversaire..., répondit-il, penaud.

– Ne t'en fais pas, Tataglio, le défendit Stellina. Tu as eu raison ! J'étais tellement heureuse, là-haut... Tu m'as offert le plus beau des cadeaux !

Mais Nikos était trop énervé contre le clown pour pardonner son erreur.

– Tu voulais qu'il lui arrive malheur, comme à sa mère ? gronda-t-il encore. Tu voulais qu'on la perde, elle aussi ?

Sa voix était si brutale, si pleine de colère, que Tataglio fut violemment secoué ; il se réfugia dans les bras de Macaroni en bredouillant :

– Excuse-moi, Nikos... Excuse-moi...

Gala s'approcha alors de Stellina et lâcha un

rugissement impressionnant, qui fit sursauter tout le monde. Un silence pesant s'installa autour de la cage et chacun en profita pour recouvrer un peu de sérénité. Nikos, le premier, se ressaisit ; il s'excusa auprès de Tataglio et s'adressa posément à Stellina :

– J'ai bien réfléchi… Nous serons à Rome dans quelques jours. Là-bas, j'irai voir le responsable de l'orphelinat pour lui expliquer la situation. Je le convaincrai de te laisser revenir vivre avec nous.

– Tu crois que c'est possible ? lui demanda timidement le clown.

– Pensais-tu sérieusement que j'allais laisser notre petite fille vivre loin de nous sans réagir ?

Sa voix puissante avait retrouvé sa chaleur ; la fillette, rassurée, sécha ses larmes et se rapprocha lentement de lui.

– Notre séparation ne durera que quelques jours, lui promit Nikos en tendant la main vers elle à travers les barreaux. C'est une épreuve difficile, j'en suis conscient, mais tu dois me faire confiance.

Stellina hésita une seconde avant de saisir la main qu'il lui offrait. Au fond de son cœur, cependant, elle savait que Nikos l'aimait profondément, et qu'il ne voulait que son bonheur. Il s'était emporté parce qu'il avait peur d'être séparé d'elle ; il s'en voulait de n'avoir pu contrer les menaces du maire. La fillette était certaine qu'il ferait tout son possible pour obtenir son retour parmi eux.

– Il est temps d'aller préparer tes valises, ma petite Stellina, soupira-t-il en fermant les yeux pour cacher sa peine. Sois courageuse.

4
À bientôt, Stellina !

Au début de l'après-midi, Nikos conduisit Stellina dans la vallée, à Derlano, où se trouvait la gare la plus proche. Il essaya de la distraire en lui racontant des histoires, mais l'humour n'était pas son fort ; en outre, il était tellement perturbé par le départ de sa protégée qu'il ne parvint qu'à la peiner davantage. Heureusement, Tataglio, Marouchka, Macaroni et les autres les attendaient à la gare. Ils avaient revêtu leurs plus beaux costumes pour dire au revoir à la fillette, et firent tout leur possible pour atténuer un peu son chagrin.

– J'ai interrogé les cartes, lui dit gravement Marouchka, son perroquet sur l'épaule. Tu dois rester prudente, parce que tu auras à affronter de nombreux obstacles, Stellinitchka. Mais ne te laisse pas décourager, car tu as devant toi un grand destin.

– Attention, attention, convoi spécial ! lança gaiement Tataglio en menant la petite troupe sur le quai. Notre petite Stellina part en voyage ! Faites place à notre princesse !

Il gesticulait tant et si bien qu'il bouscula une voyageuse et manqua de la faire tomber.

– Regardez où vous marchez, monsieur ! réagit celle-ci avec un air pincé.

Stellina, en reconnaissant Mme Ascoli, la trouva tellement ridicule qu'elle pouffa ; cependant, l'assistante sociale se ressaisit rapidement.

– Je constate, mademoiselle Stellina, que vous êtes venue accompagnée...

Elle eut une moue méprisante et ajouta avec ironie :

– Vous en avez de la chance,

mademoiselle, d'avoir autant d'amis qui vous aiment. Ce doit être bien dur de devoir les quitter…

Comme elle s'approchait de Stellina, Tataglio lui barra le chemin et déposa dans ses bras la valise de la fillette. Puis il entraîna son amie à l'écart et se baissa pour être à sa hauteur.

– Ne t'inquiète pas, ma chérie, la rassura-t-il, on se revoit à Rome dans quelques jours. En attendant…

Il sortit discrètement son furet de la poche de sa veste et le tendit à Stellina en murmurant :

– … Comme ta panthère n'a pas pu t'accompagner, je te confie Pshitt. Il te tiendra compagnie.

Le visage de Stellina s'éclaira d'un sourire ému.

– Merci, Tataglio, chuchota-t-elle en glissant discrètement la bestiole sous son manteau.

Après quoi, comme la locomotive se mettait à siffler, elle dut suivre l'assistante sociale à l'intérieur du train, et le convoi ne tarda pas à s'ébranler. Stellina avait envie de pleurer, mais Pshitt la chatouilla, et cela suffit à lui redonner un peu de courage. La jeune fille se pencha à la fenêtre du compartiment.

– Au revoir ! cria-t-elle à ses amis. À bientôt !

Stellina les regarda rapetisser, jusqu'à ce qu'ils aient tout à fait disparu. Ensuite seulement, elle prit place sur la banquette, à côté de Mme Ascoli. Mais elle eut beau se répéter les paroles rassurantes de ses amis, la tristesse la gagna de nouveau, et elle dut faire un effort pour contenir ses larmes.

5

UNE BONNE FARCE

Rome, la capitale de l'Italie, se trouvait à plusieurs centaines de kilomètres, et le voyage promettait d'être long. Le train, avait précisé Nikos, n'arriverait probablement pas avant le milieu de la nuit...

Stellina était habituée à l'espace resserré des roulottes ; pourtant, l'exiguïté du compartiment l'oppressait : elle avait l'impression d'être enfermée dans un cachot.

À côté d'elle, Mme Ascoli se tenait droite comme un I, les mains posées sur les genoux. Son visage, qui n'exprimait rien, était aussi immobile qu'une

statue. Était-ce sa présence qui rendait Stellina si mal à l'aise ? Jamais, auparavant, la fillette n'avait rencontré une femme aussi glaciale ; jamais, non plus, elle ne s'était sentie abandonnée à ce point, aussi désespérément seule.

Quand une vieille dame, qui partageait leur compartiment, lui offrit un bonbon, l'assistante sociale l'arrêta d'un geste autoritaire, lui expliquant que les sucreries étaient mauvaises pour la santé.

– Dans l'orphelinat où je conduis cette jeune demoiselle, précisa-t-elle, on punit les enfants qui mangent des friandises.

Stellina adressa à la vieille femme un sourire désolé ; puis elle se blottit contre la fenêtre et s'absorba dans la contemplation du paysage, en caressant Pshitt sous son manteau.

Le train roulait à faible allure au milieu des montagnes. Il traversa une épaisse forêt de sapins, et, à la sortie d'un tunnel, Stellina découvrit le panorama éblouissant des sommets enneigés qui scintillaient sous le soleil, à perte de vue. Petit à petit, son désespoir s'atténua ; son goût pour la vie et son instinct de liberté reprirent le dessus.

« Comment peut-on faire vivre des gens dans des orphelinats alors que le monde est si beau ? » pensa-t-elle, émerveillée par le spectacle qui se déroulait sous ses yeux. Elle songea à ses voyages avec le cirque, à ses cavalcades au côté de Gala, aux pitreries de Tataglio et à la gentillesse de Macaroni ; elle se remémora la voix grave de

Marouchka, et même celle de Nikos en colère devint un souvenir agréable...

Comme le train marquait un premier arrêt, la vieille dame aux bonbons récupéra son bagage et s'apprêta à quitter le compartiment.

– Je vais vous aider, lui proposa aussitôt Stellina en saisissant sa petite valise.

La voyageuse accepta avec un sourire radieux ; mais, alors que la fillette se faufilait dans le couloir, Mme Ascoli se leva pour crier :

– Stellina ! Revenez immédiatement vous asseoir !

Elle voulut la rattraper, mais elle se heurta aux voyageurs qui rejoignaient la sortie et dut se contenter d'attendre son retour.

Quand le train redémarra, Stellina n'avait toujours pas reparu. L'assistante sociale, de plus en plus inquiète, se pencha à la fenêtre ; elle scruta le quai et crut reconnaître la silhouette de la fillette.

– Stellina ! lâcha-t-elle d'une voix tremblante.

Elle faillit perdre connaissance et ne resta consciente que grâce à l'intervention de deux hommes qui l'empêchèrent de s'écrouler. Elle se mit à gémir :

– La petite s'est enfuie... Que vont-ils penser de moi, à Rome ? Je vais sûrement perdre ma place... Tout ça pour une petite gitane qui a raté le train...

C'est alors que la porte du compartiment voisin s'ouvrit, et Stellina apparut, un large sourire aux lèvres.

– Stellina... ! s'exclama Mme Ascoli en se redressant. Comment as-tu pu me faire ça ? J'ai eu une de ces peurs...

– J'ai juste aidé la vieille dame à descendre, lui répondit la fillette, moqueuse, en mettant un bonbon dans sa bouche. Je n'ai rien fait de mal ; c'est vous qui parliez de mon éducation...

– Retourne immédiatement à ta place, siffla l'assistante sociale en s'efforçant de masquer son trouble.

La vieille dame avait été remplacée par une jeune mère et son fils, qui avaient l'air aussi moroses l'un que l'autre. Stellina rejoignit son siège ; Mme Ascoli s'assit à côté d'elle et lui tendit une main ouverte.

– Et crache-moi cette friandise ! ajouta-t-elle.

« Je ne peux pas rester une minute de plus avec cette sorcière ! » songea Stellina en lui remettant le bonbon. Elle réfléchit pendant quelques minutes et sentit un frisson de plaisir parcourir son échine ; elle avait une idée...

Un peu plus tard, comme Mme Ascoli s'était endormie, elle chatouilla le furet de Tataglio et murmura :

– Prépare-toi à entrer en scène, Pshitt...

Au moment où le train pénétrait dans un nouveau tunnel, plongeant le compartiment dans une semi-pénombre, elle libéra l'animal et cria :

– Au secours ! Un rat !

Aussitôt, l'assistante sociale se réveilla et se mit à hurler ; la mère et son fils, terrorisés, l'imitèrent en poussant des cris stridents.

Au milieu de la confusion, Stellina récupéra Pshitt et se précipita dans le couloir. Elle gagna rapidement le wagon voisin et ouvrit la porte qui donnait sur les voies. Aussitôt, elle sentit un vent glacial fouetter son visage ; elle regarda le paysage

défiler et se demanda si elle allait trouver le courage de sauter.

Elle se remémora les exercices d'acrobatie qu'elle avait l'habitude de pratiquer avec ses amis du cirque. « Ce ne doit pas être plus difficile..., pensa-t-elle. Si je suis capable de marcher sur un fil à dix mètres de hauteur, je dois pouvoir sauter de ce train sans me blesser... »

Soudain, au détour d'un virage, elle aperçut un bosquet de conifères couverts de neige, juste au bord de la voie. Saisissant sa chance, elle bondit en avant et atterrit dans les branches d'un sapin.

– Ouf ! fit-elle en se rattrapant *in extremis* à l'une d'elles.

Puis elle éclata de rire.

– Tu peux te le garder, ton orphelinat, espèce de vieille bique ! lança-t-elle en regardant le train s'éloigner. Je suis libre !

6
Perdue dans la forêt

Stellina marcha le long de la voie de chemin de fer pendant quelque temps, savourant sa liberté retrouvée. Cependant, elle dut bientôt se rendre à l'évidence : elle ne savait pas où aller… Elle était perdue au milieu des montagnes et n'avait aucun plan ; elle ne savait même pas où passer la nuit…

– Ne t'inquiète pas Pshitt, dit-elle à son furet pour se rassurer elle-même. Je vais trouver une solution.

À un carrefour, elle avisa un panneau indiquant la direction d'un village. Manzanilla… C'était

le village où se trouvait la gare suivante ; on l'y rechercherait sûrement. Elle ne pouvait prendre le risque de redescendre dans la vallée...

Elle se tourna alors vers les sommets enneigés. « Je dois absolument passer de l'autre côté de ces montagnes, pensa-t-elle. Là-bas, personne ne me connaît, et j'arriverai sûrement à rejoindre le cirque. Il doit bien y avoir un passage, un col... »

Elle se mit en route sans attendre, marchant d'un pas décidé, malgré l'épaisse couche de neige qui recouvrait le sol.

Une heure plus tard, quand elle s'arrêta pour

se reposer, il s'était mis à neiger. Le ciel s'était assombri et il faisait de plus en plus froid. Stellina allait se remettre en route, lorsqu'elle entendit des aboiements derrière elle. Elle tendit l'oreille et perçut des voix d'hommes.

– Cherche ! Allez, cherche ! disaient ces voix.

Mme Ascoli avait dû descendre à la gare de Manzanilla et prévenir les gendarmes, pensa la

fillette ; ceux-ci étaient déjà sur ses traces, leurs chiens avaient dû flairer son odeur...

Sans hésiter, Stellina grimpa aux branches d'un sapin et se hissa jusqu'au sommet. Là, dissimulée sous une couverture d'épines recouvertes de neige, le cœur battant, elle attendit en écoutant les halètements des bêtes qui approchaient...

Bientôt, elle entendit les voix des gendarmes qui discutaient au pied de son arbre.

– La piste s'arrête ici, disait l'une.

– La fillette ne doit pas être loin, lui répondit une autre. Elle s'est sûrement cachée en nous entendant arriver.

– Stellina, ma petite, montre-toi… fit une troisième voix. Nous ne te voulons aucun mal. Allons, sois raisonnable…

La fillette réfléchit à toute allure. Elle ne pouvait se rendre sans réagir ; elle devait absolument tenter quelque chose…

Soudain, elle eut une idée. Elle sortit le furet de sous son manteau et lui caressa le dos.

– Es-tu prêt à m'aider encore une fois ? lui demanda-t-elle d'une voix douce. Voilà ce que tu vas faire…

L'instant d'après, Pshitt se laissa tomber sur la tête d'un des gendarmes, qui se mit à gesticuler en hurlant. Les chiens aboyèrent de plus belle ; ils essayèrent d'attraper le furet, mais celui-ci se faufila entre leurs pattes et remonta comme une flèche le long du tronc du sapin.

– C'était bien la peine de faire tout ce chemin, gronda le gendarme, vexé, en rajustant son bicorne. Ces chiens ne sont bons à rien ! Ils n'ont pisté qu'un sale putois ! Retournons à la voie ferrée ; il va bientôt faire nuit noire et on n'y verra plus rien.

Cette sale gosse a dû descendre vers Manzanilla.

Stellina attendit qu'ils aient disparu pour quitter son perchoir. Une fois au sol, pourtant, elle sentit l'inquiétude la gagner. Effectivement, la nuit était tombée d'un seul coup ; il neigeait à gros flocons et la température avait encore chuté. La fillette avait-elle fait le bon choix ? N'aurait-elle pas plutôt dû accepter de se rendre ? Elle frissonna et remonta le

col de son manteau, hésitante. Qu'allait-elle devenir si elle ne trouvait aucun abri ? En se dépêchant, elle pouvait encore rattraper les gendarmes, qui la ramèneraient au village. Elle serait à nouveau à la merci de Mme Ascoli, bien sûr, mais au moins elle passerait la nuit au chaud ! Et puis, elle n'aurait pas à supporter très longtemps l'assistante sociale ; juste quelques jours, avait dit Nikos...

Stellina, résignée, leva les yeux vers les montagnes en soupirant. Ainsi, son escapade n'aurait duré que quelques heures… pensait-elle avec tristesse en se préparant à rejoindre les gendarmes. C'est alors qu'elle aperçut une lumière qui brillait dans la nuit, et se ravisa. Ce devait être un chalet, qui paraissait tout proche. C'était un signe, pensa Stellina ; le signe qu'elle devait continuer à avancer sur le chemin qu'elle s'était choisi, le signe qu'elle devait rester libre ! Son inquiétude s'évanouit aussi rapidement qu'elle était apparue, laissant la place à un immense espoir. Stellina balaya les questions qui la tourmentaient et se remit courageusement en marche.

Marouchka lui avait dit qu'elle devrait surmonter de nombreux obstacles avant d'accomplir son destin. Cette nuit glaciale était sans doute l'un de ces obstacles, mais Stellina ne doutait plus ; elle était certaine qu'elle réussirait à s'en sortir !

***

Au même moment, à plusieurs kilomètres de là, les artistes du cirque Panagulis finissaient de démonter leur chapiteau. Seuls Tataglio et Macaroni se tenaient à l'écart, près de la cage de Gala ; tous deux arboraient des visages défaits. On racontait dans le village que Stellina avait sauté du train. Et Nikos venait de leur apprendre que la panthère noire ne participerait plus au spectacle. Le maire du village avait porté plainte contre elle, et Gala devrait être bientôt enfermée dans un zoo.

– Nous n'avons rien à perdre... gémit Tataglio. De toute façon, elle ne le supportera jamais. Elle aime trop sa vie ici.

Macaroni, le géant muet, dévisagea son ami et hocha la tête avec un air convaincu.

Le clown continua :

– Et, si Stellina s'est bien enfuie dans la montagne, comme on le raconte, nous devons tenter quelque chose. Je suis certain que Gala partira à sa recherche. Qui sait : peut-être la retrouvera-t-elle avant que la petite soit morte de froid...

Macaroni ouvrit la porte de la cage ; le fauve en sortit et fixa un moment les deux amis.

– Tu as bien entendu, Gala, lui dit Tataglio. Allez, file ! Et tâche de retrouver Stellina avant qu'il lui arrive malheur...

Gala grogna, comme si elle comprenait les paroles de l'homme, puis elle détala dans les rues du village, en direction de la montagne.

Fin

Stellina va-t-elle réussir
à trouver de l'aide ?

Tu le sauras en lisant la suite
des aventures de

Stellina

3- Perdue dans la montagne

Dans la collection

Stellina

1- Une étoile est née

2- Le grand départ

3- Perdue dans la montagne

Loulou
de Montmartre
Le destin
extraordinaire
d'une grande danseuse !
Loulou
de Montmartre
(8)
Bienvenue
chez les Ribounet !
Loulou
de Montmartre
(9)
Incendie sur la Butte
F. Boublil • J. Helpert • O. Dehors
T. Leclere
Loulou
de Montmartre
(10)
Libérez
Trompe-la-Mort !
En librairie • 5,90 €
bayar

Entre dans mon royaume !
Princesse Zélina
Les enfants perdus
Princesse Zélina
Les fantômes de Zélina
Princesse Zélina
Les naufragés du vent
Déjà 21 romans Princesse Zélina parus
Découvre aussi mes secrets de princesse...
Mon Journal intime
Mon journal intime
Mon Agenda Secret
Mon agenda secret
Mon Coffret de Correspondance
Le coffret de correspondance
Mon coffret à bijoux
Mon coffret à bijoux
Mon atelier de mode
Mon atelier de mode
Ma petite papeterie
Ma petite papeterie
Zélina est un personnage du magazine astrapi
bayard

J'AIME LIRE
ES HISTOIRES À DÉVORER TOUT SEUL
VÉRONIQUE MASSENOT • AURÉLIE GUILLEREY
La lettre mystérieuse
JEAN-MARIE DEFOSSEZ • DIDIER BALICEVIC
Mon aventure sous la terre
4,90 €
DÈS 7 ANS
bayard
www.jaimelire.com

Achevé d'imprimer en novembre 2009
par Pollina - n° L51739B
Imprimé en France